어촌별곡

어촌별곡

초판 1쇄 인쇄일 2024년 2월 1일
초판 1쇄 발행일 2024년 2월 15일

지은이 이병인
펴낸이 양옥매
디자인 송다희 표지혜
교　정 조준경
마케팅 송용호

펴낸곳 도서출판 책과나무
출판등록 제2012-000376
주소 서울특별시 마포구 방울내로 79 이노빌딩 302호
대표전화 02.372.1537　팩스 02.372.1538
이메일 booknamu2007@naver.com
홈페이지 www.booknamu.com
ISBN 979-11-6752-416-4(03800)

어촌별곡

• 남경(南炅) 이병인 시집 •

아픔이 고스란히 남아 성장이 멈춰버린

내 고향 바다를 미워할 수가 없었습니다

책과나무

시인의 말

그리움이 눈덩이가 되었습니다.

가난한 어부의 아들이었기에

어린 나이에 뱃일을 나갔다가 사고를 당해

평생 동안 장애를 숨기고 살아왔지만,

아픔이 고스란히 남아 성장이 멈춰버린

내 고향 바다를 미워할 수가 없었습니다.

거기엔 아버님, 어머님, 형님

그리고 동무들과의 추억이 너무도

많이 남아 있는 까닭입니다.

시간이 자꾸 흘러 희미해져 가는

그 시절을 주워 담으려 안간힘을 보태지만,

사라져 가는 것들에 대한 그리움과 아쉬움이

이끄는 대로 필력(筆力)을 더하다 보니

차곡차곡 더해져 많이도 미흡한

『어촌별곡』이 엮이게 되었습니다.

그리움으로 남은 그분들께

아직껏 말로 다 못 한 마음을 담아

이 한 권의 책으로 대신했으면 하는 바람과

곁에서 이 시집이 나오기까지 성원해준

든든한 후원자인 아내 정유경 님과

영원한 제자 마산중앙고 제15회 졸업생들에게

감사하는 마음에서 환갑이

넘은 늦깎이로 처녀 시집을

만들어 이 책을 바칩니다.

차례

2장　이상한 어부

3장　화수분의 바다

4장　　　우리 형아

1장

어매의 물동이

어매의 물동이

새벽을 깨고 걷는다
이슬을 차고 걷는다
우리 어매 졸음에 눌린
서툰 발길에 화들짝
동이 트고 이슬도 털린다
곤한 잠 베고 누웠던
꼭두새벽마저
아쉽게 기지개를 편다

신새벽에
터벅터벅 걷는 울 어매
생계라는 물동이가 무겁다
겁도 없이 먼 샘에 물 길러
더듬어 걷는 우리 어매
빈 동이가 참말로
무겁다
무섭다

빈 동이가 이러한데
한 동이 가득 머리에 이고
꼬부랑 돌길 돌고 돌아
출렁거리며 돌아오는 먼 길
울 어매 발걸음이
더 무겁다
더 무섭다

누구도 몰라
아무도 몰라
이슬 젖은 풀 새로
야윈 얼굴 내민
꼬부랑길만이 맨살로
울 어매 삶의 무게
자굇물* 되어 받아 줄 뿐!

무서운 게 하나 없어
세상에 생계가 가장 무서운
우리 어매!

* 자굇물: 수레바퀴의 자국이나 발자국 등에 괸 물.

갯마을 아이들

갯마을 꼬맹이들
여름철만 되면
아침밥 급히 먹고 나서서
저녁 해가 떨어지고
어매들이 매섭게 불러 대야
집으로 돌아온다

들랑날랑
바다를 건져내는 재주 타고나서
해초, 멍게, 소라, 전복, 해삼……
손에 잡히는 족족 올라온다
응당 점심은 바다가 차려 낸다
해산물 모둠으로
올망졸망

아침이면 한꺼번에 몰려들고

저녁이면 한순간에 흩어지는

한여름 갯마을에

철모르고 날아든 물새 떼

퐁! 퐁! 퐁!

화음에 맞춰

물 동그랑땡 만들어 내어

허기 달래는

갯마을 아이들

물 풍금 소리 따라

갯마을이 출렁거린다

철모르는 철부지

철새 떼의 향연(饗宴)

명절날의 추억

신명 난 고함으로
명절임을 알려대는 꼬맹이들
과식이 낳은 배탈로
명절날의 멋진 시간을
몽땅 덮고 누워 버린 나

명절날 윗목 차지한 아들 애처로워
엄마 손은 약손 하던 우리 어매
명절날 고질병이 된 배앓이가
우리 어매의 잘못인 양
눈가 짠 내만 닦아낸다

아이들의 흥겨운 고함 속에
어매 눈물 들리지는 않았지만
눈매에 어린 슬픈 자국
내 기억에 미라가 되어

남아 있어라

방구들을 진 채
갯가 아이들의 흥을
귀동냥으로 채워야 했던
어린 시절 명절날의 배앓이

식탐에 도돌이표만 그려내던
어린 시절 명절날의 추억

수학여행

초등학교 시절

수학여행 기분으로

또래 아이들 들떠 있을 때

울 아배 병환이

수학여행 발목을 잡고 있는데

우리 형아가 변통한 급전이

수학여행 버스에 황급히 날 태웠다

목적지는 도회지인데

어린 기억 속에 가물가물

오로지 분명한 건

운동화 속에 알 박히듯

우뚝 홀로 튀는

새까만 통 고무신

한 켤레!

섬뜩하게 돋보인

내 고무신

갈 수 없던 형편 뒤로
얼떨결에 따라나선 수학여행
철없는 마음에도
너무나 티가 났던
내 고무신

어린 동심 졸아들어
단체 사진 속에
고무신이 아까워
맨발 뒤에 꼭! 꼭!
숨겨 두고 말았지

내 유년의 냉골

나 어릴 때는 너나없이
고만고만 가난을 안고 살았다
끼니 걱정 따라
밥에 대한 미련이 자꾸 커져
굶주림이 무섭던 시절이 있었다

그 시절
호랑이보다
곶감보다
더 무서운 말!
'밥 없다'
우리 어매는 끝없이 엄포를 놓는다

무서움도 채 알기 전에
철이 먼저 나 버려
밥이 무서운 줄 알아버렸다

세상에 무서운 게 없어서
밥이 무섭다?
참으로 무서움이 없던
시대였던가 보다

지금은 도저히
가늠조차 할 수 없는
'밥 없다'
무서움에 떨던
내 유년의 냉골

우리 할매 고무신

먹거리 없던 유년 시절
엿판 맨 엿장수 뒤만 졸졸
군침 흘리는 꼬맹이 꼬셔 내어
하이얀 고무신을 유혹하네

마루 밑 죽담에 근엄히 놓인
우리 할매 하얀 고무신
가슴에 품고 가져가 바쳤더니
큼지막이 갱엿 한 토막
인심 쓰듯 뚝 떼어 준다

하루 종일 빨아도 줄지 않아
동무에게도 후한 인심 풀고
킬킬거리고 돌아오니
사립문에 부지깽이 든 채로
보초 서던 우리 어매

독수리 병아리 채듯 낚아챈다

우리 할매 하나뿐인
나들이 꼬까신!

호랑이 우리 할매
고양이로 쩔쩔매는 울 어매
난 개구멍만 찾을 때
아까운 신발 제쳐두고
못난 손주 안아 주신
우리 할매

우리 할매 하이얀 고무신
엿이 되어 사라졌지만
평생 동안 녹아나질 않네

할매 고무신
내 삶의 강엿

내 고향 고매

모진 해풍 견뎌 내었기에
내 고향 고매는
단맛 가득 품고
어린 동심 무던히도 애태운다

먹거리 일등 공신 고매*
보릿고개 잇는 봄에는
풍기는 냄새에 입맛 다시며
군침으로 애가 탄다
대부분 겨울나며
고매도 동이 났기에
이 시기의 고매는
맛보다는 군침으로
자꾸만 어린 나를 유혹한다

한 입 베문 고매로

뜨거워서 눈물짓고

맛있어서 눈물짓고

없어서 눈물짓던

애증(愛憎)의 도가니!

내 어릴 적 향수

요! 고매

* 고매: '고구마'의 경남 방언.

몬당 집

우리 마을에 가장 높은

'몬당 집'

휑하니 높은 덕에

밑 동네 밥 짓는 냄새 깔고

꼬르륵 홀가분하게

끼니 걱정 접고 사는 우리 집

인정 많은 이웃사촌

우리 집 끼니 걱정일랑

시샘으로 알뜰히들 챙겨 준다

가난한 집 살림에

공부는 무슨 소용이냐고

훈수까지도 꼭꼭 다져서

듣기 좋은 꽃노래도

한두 번이라는데

그 살뜰히도 챙겨내는 말씀에
우리 아배, 어매 억장이
얼마나 무너졌을꼬

지금도 아낌없이 챙겨주시는
'개천에 용 났다'는 말씀들
옛날에 빈 훈수가 미안했던지
에둘러 큰 덕담으로 갚아 주나 싶어라

아무나 살 수 없는 '몬당 집'
우리 집은 아직도
'몬당 집!'

검정 고무신

질기디질긴 검정 고무신

형편상 흰 고무신은

유독 내 발에 맞지 않았고

검정 고무신 한 번 마련으로

세월이 무뎠고

발조차

커지지 않았다

어린 마음에

검정 고무신에 대해 도발을 했다

연약한 이빨로

뒤축 없는 신발 만드는

희한한 재주!

수 켤레를 씹어 먹어

얼굴색은 어찌도 그리

내 까망 고무신을 닮았는지!

검정 고무신!

내 얼굴에 분풀이로

한껏 칠해 놓았네

숱한 세월이 흘러도

도저히 퇴색되지 않는

새까만 내 얼굴

고드름

고향 마을 겨울은
얼음과 친하지 않아
좀처럼 얼음이 얼지 않았다

어느 해 추운 겨울날
고드름이 수로 다리에 매달려
매끈한 다리 쭉쭉 뻗고 있었다
물 긷는 바가지로
고드름 한 바가지 길어
동심에 아이스케키인 양
입안 가득 녹여 먹던 고드름

한여름 빙수 장수
핏대 세우고 외치고 간
"아이스케키! 아이스케키!"
그 소리 얼어 이 한겨울

고드름이 되었나?

여름철에 못 먹은 아이스케키!
손은 시려도 마음만은
너무도 따뜻했던 그 시절
철 지난 아이스케키!
고드름!

그 껄끄러운 입맛

어릴 때 아이는
식탐 많아 서러웠다
고작 해초 섞은 꽁보리밥
밥상에 단골이던 그 시절
어쩌다 쌀밥 한 끼
가뭄 해갈의 단비마냥
섬 소년 서러움도 가라앉는다

일 년에 명절날
그리고 우리 할배 제삿날
아무리 흉년 들어도 어김없이
하얗게 쌀밥이 한 자 높이
꾹꾹 눌러 앉아 있었다
하얀 쌀밥이 그렇게 맛있어서
슬픈 소년이었다

요즘 건강의 먹거리로

암만 새로 변장해도

꽁보리밥!

낯선 이방인

그 시절이 서러워

지금도 입조차 대지 않네

유년의 꽁보리밥

평생 벗을 수 없는

그 껄끄러운 입맛

아배의 사이다

가난한 우리 아배
보리타작으로 삯을 받아
한여름을 거두어들여
생계를 이어 갔다
그때면 으레 우리 어매가 챙기는
아배의 점심 도시락!
그 도시락엔 항상
사이다 한 병이
지키고 있었다

아들은 그 사이다가
너무도 탐이 나서
도시락 심부름을
숙제처럼 해냈다
그리고 주어진 달콤한 보상
장골 아배가 반만 마시고
남기는 사이다

액체이면서도
액체 이상의 맛!

받아 드는 순간부터
아까워!
아들은 입에 대고
넣었다 뱉기를
갔던 길을 되돌아오도록
무한 반복
집에 돌아올 때면
끝내 양은 늘어났지만
그 맛은 맹탕!

단맛이 다 날아가
아쉬운 그 속엔
아배의 사랑이
달콤히 채워져 있었다

아배 사이다로 행복했던
내 유년의 봄날

어매의 매질

개구쟁이 섬 머슴아라서

어매의 애만 태웠던 그 시절

어매의 눈물로 뒤 닦이 해도

도가 넘치는 사고뭉치

섬 소년!

그 버릇 고쳤으면

하는 바람에

오징어 먹물 되어

매질하던 울 어매

맞아 퉁퉁 부은 종아리에

큭 큭 대는 설움 소리로

어매의 기를 다 채우고

곤히 자는 아들 녀석

차마 눈에 밟혀

말 못 한 어매 마음

끝내 쏟아져 내린다
줄줄이 방울방울
고슴도치 제 새끼 함함이라
울 어매도 그랬나 보다

오늘은 개구쟁이로 살아
울 어매의 맷발
느껴보고 싶은데
매질할 기력조차 흔들흔들
소싯적 울 어매
매섭던 그 매질
두고두고 한이 되네
맞지 못해 한이 되네

내 안의 유일한 신앙
우리 어매!

바래가세*

바래가세! 바래가세!
동네 아지매들 목청껏 외쳐댄다
우리 어매도 덩달아 외친다
바래가세! 바래가세!

갯마을 메아리로 맴돌아
울려 퍼진다
온 마을이 들썩!
일어난다

바다 가서 생계를 줍던
우리 어매의 보릿고개 시절
매일 불러대는 이웃 아지매들
위안 삼아 울 어매 조금이나마
홀가분해졌으려나?

바다 가서 물일을 해야만

먹고살 수 있었던

그 시절!

우리 어매 삶의 애착이

절절이 묻은 그 시절의 절규

바래가세!

힘든 갯마을 시절

함께 외치며 서로를 위안 삼던

우리 어매들의 인정(人情)

애환(哀歡)이 묻어난

어매들의 도타운 절규

바래가세!

* 바래가세: '바다로 물일 나가자'는 뜻.

아배 따라쟁이

아배는 매일같이

바다로 나간다

물고기에 생계를 달고 산다

바다와 일수놀이 하는

우리 아배는

언제나 든든한

가장이었다

그런 덕에 배고픔의 해갈은 거뜬했다

우리 아배의 굵은 손마디에는

언제나 낚싯줄이

걸려 있었다

대어가 아니라

자식에 대한 희망

그 희망을 간절히

붙들고 있었다

아배가 낚아 올린 고기는
나의 꿈이었고
우리 아배의 꿈이었다

바다는 한 번도
우리 아배를
실망시킨 적이 없었다
어린 나도 바다처럼
살고 싶었다
아배를 꼭 닮은 내 모습
아배의 꿈도 꼭 닮고 싶었다

대대로 아배 따라쟁이로
살고 싶어라

아배의 한숨

바다는

아배의 기쁨이었고

아배의 한숨이었다

똑같은 바다에서

우리 아배는

변덕쟁인가 싶었다

어른이면서

이랬다저랬다

그러던 어느 날

아배의 한숨은

폭풍이라는 걸 알았다

아배가 한숨을 쉬면

어김없이 폭풍이 몰려왔다

그날만은 어린 난

콧노래로 단잠을 잤다

아배의 삶의 무게도
모른 채

아배의 한숨이
아들의 콧노래로 피어났던
영문 모른 어린 시절
철부지 그 시절이
이제야 낯이 뜨거울 줄이야

아배는 한숨으로
폭풍을 불러내는
기인(畸人)이었나 보다

어매와 청태

병 져 누운 아배
어린 아들 삼 형제
우리 어매의 어깨엔
삼중고가 주렁주렁
아들 셋 성장은 멀어
짠 눈으로 매몰차게
세상을 타고 넘어야 헸던
울 어매

고된 물일로
통통 불어 돌아와
샘골 차가운 물에
청태 손질로
녹이던 시린 손

어매의 한으로 마른

유독 짭짤한 청태!
이 청태 덕으로
외풍 심한 우리 집
오순도순
온기 삼아 살붙이고
겹겹이 딱딱 살붙이고
화덕 삼아 살 수 있었네

바다는 울 어매의 청태밭
내 유년이 자랄 수 있었던
텃밭!
울 어매의 애증(愛憎)이 물든
그 바다에 흠뻑
젖고 싶어라

우리 담임 선생님

초등학교 시절에

가정 방문 오신 담임 선생님

불청객이라 굳게 믿은 어매도

나도 눈치가 보인다

선생님보다 덩그런 빈손이!

대접할 게 무시 뿌리뿐!

오히려 홀가분한데도

미안하고 부끄러운 어린 마음에

고개만 숙인 채

안절부절

집안일 도우면서도

공부에도 소질 있다고

측은한 마음까지 보태 주신

우리 담임 선생님

지금껏 우리 어매

기쁨이 되어

자랑거리로 남아 있네

총기도 잃어가는 우리 어매

아들 자랑만은

나이도 들지 않네

우리 담임 선생님 덕분으로

평생 불효는 면하고 사는

불멸의 자랑이 될 줄이야

닳지도 않고 낡지도 않는

넉넉한 품의 만년구짜* 옷일랑

알뜰히 입혀 주신

우리 담임 선생님!

* 만년구짜: 오래 쓸 수 있는 물건을 뜻하는 전라도 말. 아무리 오래 지나도 그 값어치를 간직하고 있을 거라는 뜻으로 사용된다.

2장

이상한 어부

고향 갱변

고향의 갱변을 거닌다
어느덧 내가 이방인이 된 듯
낯설기만 하여라

어린 시절 멱 감고
생계를 줍던 갱변이
회색 옷 두껍게 걸치고
폼 잡고 서 있는 차림새는
훤하고 보기는 좋지만
도저히 정이 붙지 않는다

갱변에 나가 누구나 무일푼으로
찬거리며 끼니까지
걱정 놓고 건지던 시절
간절히 붙들어 보지만
내 의지와는 다르게 해마다

하나씩 야위어 꼬리를 감춘다
세월에 묻히고 개발에도 묻히고
내 나이 따라 자꾸 묻혀 간다

고향 갱변이 주던
선한 인심마저
동네에 새로 들어선 슈퍼 안에
몽땅 가격표 닥지닥지
붙인 채 들어앉아
빈부로 선택되는 야박한 세상

개발의 두꺼운 옷 속에
추억이 묻혀 버린
고향 갱변의 낯선 풍경
이방인으로 울컥 다가와
서럽다

복어의 변신

낚싯대를 드리우면
화끈한 입질로 즐겁다
기대가 전복되는 찰나!
언제나 그 주연은 복어 차지
복어 녀석 양 볼에다
성질 잔뜩 넣고
뽀독뽀독 이를 갈고 올라온다
뭍의 야박한 인심에 화라도 난 듯
불통* 몸매로 변신한다

복어의 변신 유죄(有罪)

때다 싫어 복어에 대한 화풀이로
동심(童心)까지 실어 뻥뻥 차댄다
그것도 모자라 힘껏 밟아 터뜨린다
운동회 때 불통 터뜨리듯

여기도 뻥! 저기도 뻥!
잔인한 발길로 선한 성품까지
짓밟아 댄다
낚여 준 대가로
온갖 수모까지 챙기는 복어

낚싯줄 끝에 매단 이기심으로
온갖 고기 유혹한 내 마음
세상 사람 복어마냥
대접하지 않게 다짐하며
복어를 방생(放生)해 준다
내 이기심도 방생(放生)해 본다

고기 수확 없는 빈손이
풍성한 인생 수확으로
행복해진다

* 불통: 풍선.

불가사리의 꿈

백해무익인 불가사리
뱃전에 올라오는 족족
바다에 내던진다
이내 떨어지는
우리 아배의 불호령
죽지 않고 되살아난다나?
그 후론 무섭기만 한
불가사리!

아배는 불가사리 한 망태기
가져와서 남새밭에
시원스레 내다 버린다
나는 겁이 묻은 호기심에
자고 나면 남새밭에 달려갔다
몇 날을 기다려도
불가사리는 소식이 없다

아배는 불사조라고
큰소리쳤는데……

어느 날 남새밭에서
우리 어매!
불가사리로 소풀이
토실하게 자랐단다
아! 불가사리는 역시
불사조구나!
끼니마다 우리 가족은
그 소풀을 먹었다
그 덕에 불가사리의
꿈도 꾸었다

초등학교 저학년 때
막내가 영영 우리 곁을 떠났다
어매는 퉁퉁 부은 울음이었지만
나는 불가사리의 꿈을 꾸었다
그런데 막내는 끝내……
나는 불가사리의 꿈을 원망하고

거짓말쟁이라 아배를 원망하고

불가사리를 끝내 닮지 않은
우리 막내!
무너진 동심(童心)이
먼지가 쌓이지 않아
더욱 선명하여라
어린 눈에 갇힌
불가사리의 허무한 꿈!

이상한 어부

장어는 한밤중에
컴컴한 바다 밑에서
줄줄이 통발로 올라온다
그때면 온 바다가 환해지고
덩달아 우리 아배!
얼굴도 훤하다

통발에 장어가 든 줄은
아배의 손끝이 먼저 안다
줄에 매달려 흔들흔들
통발 당기는 아배의 손놀림이
바쁘다
무거운 통발도
설렁설렁!

그런데 가벼운 통발은

천근만근!

가벼워서 힘겨운

우리 아배!

힘도 쓸 줄 모르는

우리 아배!

이상한 아배 따라

어린 시절 장어잡이

통발선을 탔다

가벼운 통발에 지쳐 있고

무거운 통발에 신이 난

알다가도 모를

우리 아배!

아배는

늘 이상한 어부였다

바다 저 밑에는

가장이라는 멍돌이

무겁게 달려 있었나 보다

무거워야 가벼워졌던

우리 아배

아배의 그 묵묵한 마음

참 아파라!

상괭이 소리

겨울이 되면 바다는
한철로 생기가 넘쳐 난다
낙지 조업을 위해
등불을 달고 풍선들이
만선의 꿈으로 바다를 달린다

겨울 바다는 소리마저
추위에 졸아 야윈 몸으로
멀리 퍼져 나간다
그럴 때면 심심찮게 들려오는
'후이히' 하고
소름 돋는 그 소리!

숨이 차 죽은 해녀들의
'숨비소리' 같기도 하고
바다에 묻힌 영혼들의

곡소리 같은 음산한 소리
달빛에 묻어 굼실굼실 다가오는
그 낯선 이방인
상괭이 소리

같은 바다에서 상괭이는
아배와 나를 갈라놓는다
고요하고 잔잔한 바다는
아배의 바다로
오금이 저리는 바다는
나의 바다로

상괭이 소리
어린 시절이 여전히
졸아들고 있다

내 고향은 보물섬

내 고향은 보물섬

경상도와 전라도가

구수한 사투리로

한집 짓고 예로부터

오순도순 살아가는 곳

내 고향 남해

같은 섬에 태어나도

왕래하는 도시도

따로따로

동부는 삼천포

서부는 여수

인정 묻은 발길 속에

돈독한 인심 넘실대는

내 고향 남해는

보물섬

울 아배는 경상도

울 어매는 전라도

내 고향은 남해도

다정스레 행복 짓고

가족 되어 사는

화목한 그곳!

내 고향 남해는

보물섬

꿈이 피던 밤바다

내 어릴 적 밤바다
네온사인의 광장
화약 없이도 차가운 불꽃들이
은은하게 터지던 그곳

돌팔매질 한 번이면
단발성 불꽃!
물수제비를 뜨면
다발성 불꽃!
동심을 피워주던 밤바다
물수제비뜨는 대로 바다 위에
엉덩방아 찍어 내던 그 불꽃들
수평선까지 펼쳐진다

시거리 따라
밤 가는 줄 모르고

엄마에게 혼나는 줄도 모르고

내 어릴 적
놀이터인 밤바다에
환하게 피어나던 시거리마냥
어린 꿈도 덩달아 소복소복
피어나고 있었네

엇박자 부자

낙지는 주낙으로
밤에 잡는다

하루의 조업은
오후 3시 무렵의 일기로
출항의 여부가 결정된다
이 시간이 되면 아배와 아들은
무언의 신경전을 펼친다
물일 나가는 잔잔한 바다는
아배의 바쁜 눈빛에 담기고
바람이 거세 파도가 이는 바다는
아들의 애절한 눈망울에 담긴다

잔잔한 바다는 만선의 출항으로
거센 바다는 부두의 정박으로
결정되는 운명의 시간!

오후 3시!
부자의 동상이몽의 시간

어쩌다 배 뜨지 못한다는
아배의 비통한 말에
아들은 어깨춤이 덩실덩실
매일 용왕님께 비는
우리 아배!
"명경(明鏡)같이 잔잔한 바다"
기원도 모른 채

철모르던 어린 시절
아배와 아들의 엇박자

아배와 껌

아배는 여름철에 여지없이
발통선에다 이동 잡화점을 차렸다
잡화와 멸치의 물물교환!
힘겹게 생계를 챙겼던
우리 아배!

아배의 자판에는 유독
어린 나를 유혹하는
이브의 츄잉 껌!
통째로 슬쩍하면 표가 담방 나고
서툰 솜씨로 잔머리 굴려
껌 통마다 하나씩 빼돌리는 재주
그리 오래가지 못했다

"이봐! 이 씨. 껌이 와 이렇노?"
염뀟배 아제들이 쏘아 댄 불평에

아배는 무안한 마음 접고

부모의 마음 싸서

슬그머니!

껌 통째 아들 녀석

서툰 손에 꼬옥!

쥐어 준다

아무 말 못 하고 설움 받쳐

꾸억! 꾸억! 씹는

그 껌에는 침이

도저히 묻어나지 않는다

눈물만 묻어난다

부끄러움만 묻어난다

평생토록 그 사랑에

기대어 산다

아배의 라면

가난했던 시절 소년은

라면에 목을 매고 살았다

물일 나가는 아배

야참이라곤 라면 한 개가 고작!

장골 아배 홀로

온전히 통째도 모자랄 판에

군입으로 거머리처럼

달라붙어 있는 아들 녀석

매번 아배는

반쯤 남은 라면 그릇을 뿌듯하게

아들 녀석에게 내어 준다

아배의 고단함도 모른 채

마냥 라면 그릇만 빨아대는

아들 녀석!

아배의 고단함은

아들의 목구멍을 타고

성장의 마중물이 된다

늘 반만 먹을 줄밖에 몰랐던

우리 아배

자식 두고 사는 지금

아배의 그 마음

바로 내 마음

부전자전으로 이어 산다

닮은 꼴 부자

바다가 보인다

바다에 생계의 닻을 내린

우리 아배가 보인다

소싯적에 벗어나려

수시로 몸부림친 저 바다

어부 아배마저

무던히 벗어나고 싶었던

철부지 어린 나

동무들은 동무 삼아 노는데

유독 나만이 밤마다 뱃길 따라

야속하게 아배 따라

바다로! 바다로!

바다가 보인다

울 아배가 보인다

오늘에서야 나도 보인다

생계의 닻줄을 힘겹게

움켜쥐고 용을 쓰는

닮은 꼴 부자가 보인다

바다는 대를 이어 사나 보다

동상이몽의 꿈

성탄제 무렵이면
섬 아이들은 유독
흑백 TV에 꽂힌다
어린 소년도 그랬다
소년은 저녁이면
마을회관 공용 TV 앞에
맨 먼저 자리를 잡곤 했다

성탄제 무렵이면
TV 프로그램이 더욱
유혹의 손길을 뻗쳐
소년의 마음마저
꽁꽁 동여매고 말았다

TV에 갇혀버려
생계의 끈이 달린 줄도
까맣게 잊은 채

동상이몽의 꿈으로
바다를 갈라놓고
아배까지 갈라놓는다

호수처럼 잔잔한
바다를 보다가
생계의 바다에 목을 매고
살아가는 아배를 보았다
인생 육십 줄에야
아배의 마음을 겨우
헤아릴 수 있다니

인제는 내가 사람이
되어 가나 보다
진정 아배의 아들인가 싶다

동상이몽의 바람이라도
안고 살았으면 좋으련만
바다를 갈라놓을 아배가 없어
여전히 불효의 아들로
산다

우리 아배의 손

애써 바다가 가꾼

짠 내 전 우리 아배의 손

아배의 손에는

언제나 비린내가 풍긴다

삶의 진주 알알이 박혀

거칠고도 투박한 우리 아배

짠 내 절은 손

그 흉한 손이 진정

이 세상에서 가장 고귀한 손

부모의 손

희생의 손이라는 걸

참말로 일찍이도 알아 버렸네

삶의 옹이 박히고

희생의 나이테 둘러

해마다 두꺼워진

우리 아배의 손으로

넉넉한 세상 한가득

아들 녀석 여린 손에

꼬옥 쥐어 주셨네

이 세상에

가장 거칠고도 고운 그 손

우리 아배의 손

불멸의 손!

어부와 통통배

어부는 가난을 벗으려

바다에서 살았다

바다는 어부의 논밭이었기에

마을 사람들은 들판으로

밭 갈고 논 갈러 가지만

유독 어부는 바다만

갈러 나갔다

그물로, 통발로, 낚시로

온 바다를 긁어모은다

갯바람과 갯내음에 절어가며

휴일도 없는 어부의 삶

유일하게 태풍이나 오면

그날만이 휴일이었다

가난을 잡으러

생계를 낚으러

바다로 갔지만

해묵은 빚 끝내

떨쳐내지 못하고

세월의 무게로

삶의 무게로

무너져 내린

어부의 꿈

홀로 남은 통통배

주인 따라 삭아 내려

스스로 수장으로

영면(永眠)에 들고 만다

그 어부에

그 통통배로!

추억의 빈 지갑

아배는 겨울 바다에서

주낙으로 낙지를 잡았다

낙지는 무얼 제일 좋아하나?

다섯 살 무렵에

게를 좋아한다는 걸 알았다

낙지잡이 어부의 아들인 덕에

갯벌이나 자갈밭에 자라는 돌게

낙지는 이 녀석을 너무 좋아해

미끼로 차고앉으면

죽는 줄도 모르고 주낙 바늘에

대롱대롱!

하얀 시거리 가득 달고

아배의 빈 지갑에

시주라도 하듯 뱃전에

우뚝우뚝!

올라선다

그날 밤 낙지 풍년이면
아배의 고된 얼굴엔
웃음꽃이 흐드러지게
피어난다

아배의 유산인 바다
아배가 일수 찍던 그곳
건져 낼 이 없어
안타까운
내 고향 바다

오늘은 이 바다에서
거금의 추억 하나
건져내고 싶은데
낚아 줄 아배가 없어
추억의 빈 지갑이
서럽기만 하다

어부의 인생 여정

바다는 골과 마루를 품고 산다

너울성 파도가 밀려올 때면

골과 마루가 함께 온다

그럴 때마다

똑같은 바다에서

극한 세상과 대면한다

거기를 터전 삼아

살아가는 어부의

롤러코스터 인생!

파도의 골에

통통배가 내려서면

사방이 물 벽으로 둘러져서

한 치 앞도 분간키 어려워

막막한 두려움에 떤다

극히 작아진 어부가 있다

파도의 마루에

통통배가 올라서면

발아래 온 세상이

엎드려 있다

천지인지, 태산인지

못지않게 사방 구경

한눈에 좋다

어부의 호연지기

절로 생겨난다

파도의 마루와 골로

금세 바다는

천당과 지옥을 끌어낸다

바다에 담보 잡힌 어부의

롤러코스터 인생 여정!

꼼장어 유감(遺憾)

배 어창엔 장어가 한가득
아배 얼굴에도 웃음이 한가득
아배 따라 파도 따라
나도 우리 통통배도
어깨춤이
덩실덩실!

갑자기 아배의 손길이 날래지고
얼굴엔 먹구름이 잔뜩 핀다
만선으로 채워진 물칸에
미운 오리 새끼 한 마리
꼼장어!

끈적끈적한 분비물
무한 방출
어창의 물봉 몽땅 막아

귀한 손님인 붕장어만
하이얀 배 내밀고
어창 한가득!
우리 아배의 얼굴도
하얗게 도배가 된다

별이 총총한 달밤에
때 아닌 이슬은
아배의 눈가에서
하이얀 어창으로
시리게 몸을 던진다
달빛 더디게 가르며
몸서리나는
만선을 안고 돌아온다

꼼장어!
언제쯤 끈적끈적한
그 미움 벗겨낼 수 있을까?

느림보 통통배

태풍이 몰려올 때면

보트가 있는

부둣가로 달려간다

보트에 쓰는 신경 반만이라도……

아내의 잔소리를 밟으며

위험조차 무릅쓰고

보트 채비로

애를 태운다

소싯적에 우리 집에도

배가 있었다

거북이걸음 느림보

통통배!

어린 마음에

부끄러웠고 불만이던

느림보 통통배!

한이 되어 크는 내내
내 뇌리에는 쾌속선이 쉴 새 없이
물보라를 일으키고 달린다

중년이 넘은 나이에
장만한 레저 보트
쾌속의 단맛에 빠져 달리다가
혼쭐이 난 이후
느림보 통통배!
우리 아배의 그 배가
은빛 물결 따라 다가온다

통, 통, 통!
어릴 적엔 느려터져
숨 막히던 그 통통배!
이제는 심금을 울리는
그리움으로
나를 태운다

3장

화순분의 바다

문어에게 배우다

여름이면 갯가에 나가
무더운 더위조차
건져 내어 식히곤 했다
그때 으레 건져내는 해산물
전리품처럼 아내의 식탁에
으스대며 오른다
그중 문어 한 마리
내내 생각에 꽂힌다

요놈은 바위 틈새나
단지, 통발을 제 집인 양
자리를 차고 살기에
손쉽게 잡히기도 하고
줄행랑이 삼십육계라
단숨에 좀체 잡기 어렵기도 하다

그런데 문어 녀석

도망가서 숨는 꼴이라고는

위장술의 귀재 아니랄까

문어의 깜냥이 정녕 멋지다

한껏 폼 잡고 숨은 꼴이

연신 흔들어 대는 다리로

이내 들통이 나고 만다

우리도 문어처럼

자기 허물 꼭꼭

감추고 살지만

끝내 들통이 나고 만다

문어로 거울삼아

마음잡고 살아보리라

화수분의 바다

바다가 논밭인 우리 아배
하루도 쉬지 않고
바다갈이 나간다

거센 파도도 겁도 없이
골을 내고 두둑을 쳐서
온갖 괴기 죄다
마다 않고
거둬들인다

콩 심은 데 콩 나고
팥 심은 데 팥 나는데
우리 아배의 바다에는
아무것도 심지 않아도
해마다 철 따라 척척!
열매를 딴다

아배의 바다

화수분의 바다

바다 생각

바다가 스멀스멀 기어든다

내 유년 시절이 몽땅

녹아 있는 저 바다

둥둥 떠다니는

아동 때의 추억들

주워드니 아직껏

체온이 남아

쓰리게 스민다

바다는 그대로다

어릴 적 저 바다

고난의 늪이었다

벗어나려 몸부림칠 때마다

늪이었던 내 삶이 뿌리박은

저 바다!

생계의 텃밭이 되어

나를 키워낸 바다

세 살 적 아장걸음으로

처음 우리 형아 따라나선 갯바위

발발이 기어가는 강구

동무 삼아 마냥 겁 모르고

엉금엉금 따라 구경 간

용왕님의 나라

한 번 식겁하면

다시는 찾지 않는다는데

유년 시절 내내

푸른 꿈으로

바다를 덮고 살았다

오늘은

세월 속에 묻혀 버린

그 숱한 성장통의 흔적들

무뎌진 손으로 한 움큼

건져내고 싶어라

바다가 시리다

바다가 시리다
내 고향 푸른 바다가 시리다
우리 어매의 이 바다

눈도 시리고 가슴도 시린
내 고향 푸른 바다
울 어매 시린 한이
한평생 스며든
푸르디푸른 내 고향 바다

자식 뒷바라지로
바다를 금고 삼아
바래갔던 우리 어매
질기디질긴 가족의 생계
바다에서 채워야 했던
시린 그 마음

우리 어매!

바다가 시리다

우리 어매의 이 바다

울 어매가

시리다

아배의 금고

어부로 생계의 멍에를

짊어진 우리 아배

해마다 잊지 않고 찾아오는

보릿고개 찐하게 맛보고

허리띠 졸라매고는

바다로, 바다로!

밤낮없이 연중무휴

다만 태풍이나 폭풍이 몰아치는

그날만이 휴일

그래도 아배 마음만은

저 폭풍 너머, 태풍 너머

그 바다에 있었다

아배는

언제나 바다에서

만선의 꿈을 꾸었다

바다가 유일한 금고인

우리 아배!

오로지 바다에서 건져낸

현금다발만이

생계의 끈이었다

생계가 생명인 어부의 삶

시늉조차 어려운 아배의 희생

진즉에 알지 못해

이다지도 아플 줄이야

고맙고 송구한 마음

벅차서!

아! 아부지!

미라가 된 소년의 꿈

셀 수 없는 어린 나이부터
아배 따라 키를 잡고
배를 몰아야 했던 섬 소년

부전자전으로 꿈도
우리 아배를 닮아갔다
세상에 젤로 큰 배의
마도로스!

그러나 어린 시절 사고로
성장판이 닫힌 채 미라가 된
섬 소년의 어린 꿈
지금도 고향 바다에는
소년의 접힌 한이
끝없이 밀려온다

애타게 고래 심줄로

잡고 있던 어린 꿈

옹이 박힌 고목으로 남기 전에

썰물에 실어 수평선 저 멀리

수장으로 떠나보내야 할 땐가 보다

삼가 합장(合掌)으로

천하장사 우리 아배

아배는 여름이면
작은 발통선에 얼음을 가득 싣고
인근 해수욕장에 팔러 다녔다
바다와 뱃전이 맞닿은 채로
그 시절 우리나라에 있지도 않은
반잠수정!
그때 이미 난
아슬아슬 타고 다녔다

어린 나는 키를 잡고
어매는 용왕님 찾아
간절한 비손으로
안전한 운항을 기도했지만
어린 나는 바다보다도
우리 재산 목록 1호인
통통배!

그게 가장 무서워
떨어야만 했다

하지만 우리 아배는 늘상
담담하게 얼음만 손질한다
어매를 보면 한없이 불안하고
아배를 보면 언제나 든든한
반잠수정 어름 실이
통통배!

강산이 여러 번 바뀐 지금
강한 척한 아배 마음
나도 누구의 아배라서
이제야 알겠더라

가장이기에
천하장사였던
우리 아배!

바다 같은 미덕

이 세상의 모든 물은
바다로 간다
이슬로부터 홍수(洪水)까지
낯가림조차 없이
바다는 이 물, 저 물
다 받아 준다
그래서 바다라나?

바다를 닮은 나이기를
꿈꾼 지 오래
이 사람도 좋고
저 사람도 좋고
낯가림이 없어야 하는데
호불호가 뚜렷이 남아
바다 같은
미덕이 생기지 않아

서럽기만 하여라

언제쯤 철들어

바다를 닮아 사려나?

사는 동안에

바다 시늉이나 낼 수 있으랴!

바다처럼

살고 싶은데

받아주는 배포가 도저히

바다처럼 생기지 않는다

그래서 바다가 아닌

나로

사는가 보다

이산가족이 되어

대학 시절 방학 때면
어부로 살았다
어부의 아들로 태어나
뱃일이 좋아서 그랬고
학비를 벌 수 있어서
더 그랬다

어느 해 타향에서
쌍끌이 멸치잡이 배를 탔다
내가 제일 어렸고
나보다 두세 살 더한 형들
고시 공부 접은
큰형도 있었다
형들은 뱃일이 익숙했지만
나는 그 일이 초보여서
일이 서툴다는 빌미로

왕따 작전에
딱 걸려들었다

그런데 군말 없어
곰이기도 했던
큰형 덕에 봉변은 끝이 났고
무탈하게 뱃일을 마쳤다
대학생이라서 서러웠던
멸치잡이 배 아르바이트

숱한 세월이 지난 지금도
멸치잡이 선단(船團)에
그 고시 공부 형이 타고 있다
세월 따라 그리운 정이
굼실굼실 떠밀려온다

이산가족이 되어

바보 갈치

바보 고기
'갈치'라는 녀석
바늘에 끼인 가짜 미끼도 좋다
눈에 띄는 하얀 것이면 모두
이것조차도 없으면
제 꼬리 미끼 삼아 냅다 문다

실력일랑은 가리지 않고
시원하게 물려주는 바보 갈치
갈치의 배포로 즐거운 뱃전
웃음꽃이 피어난다

남에게 물리지 않으려
바둥거리는 인생살이
갈치마냥 인정사정없이
상대를 위해 물려주는 뱃심

한 번이라도 있었던가?

갈치를 낚으며
하염없이 작아진다
갈치보다 뱃심이 없는
진짜 바보라서!

아배의 품

내 유년 시절의 별천지
삼천포!
흔하디흔한 어묵도
그곳에 가야 먹을 수 있었지

남해의 끝자락 갯마을
형편 나은 집엔 전등 달고
우리 집은 여전히
초롱초롱 초롱불
아배는 유독 둘째인 나만
삼천포로 장을 보냈다

꽁꽁 동여맨 산낙지 물동이
꼭두새벽 여객선에 싣고
몸도 싣고 꿈도 싣고
별천지 삼천포행

많은 세상 담아 오라고
갯마을에 묶인
아들내미 눈 틔운다고

삼천포 팔포 시장
세상에 진귀한 것들 한가득
호기심 많은 섬 소년
꿈까지 둥둥!

그 시절의 아배보다
한참 더한 내 나이
도저히 따라갈 수 없는
우리 아배의 품
그 깊고도 넉넉한
울 아배의 품!

고동을 주우며

갯가 바위에는
아배 고동, 어매 고동, 새끼 고동
옹기종기 고동 가족이
정붙이고 모여 산다

덩치 실한 아배 고동, 어매 고동
잡을라치면 안간힘으로
갯마을을 붙들고 놓지 않는다
이산가족이 되기 싫어서일까
잡는 손길마저 애가 쓰인다

그런데 가짜 고동인 집게 고동
자기 집보다 나은 고동껍질 만나면
옛집은 가차 없이 버리고
새 둥지 틀어 들어앉는다
이 집 저 집 쏙쏙 염치도 없이

그 습성 그대로 남아

잡을라치면 손길도 닿기 전에

살길 찾아 굴러 버린다

세상 이치 꿰뚫고 있는 듯

참! 잘도 도망친다

애써 주운

어매 고동, 아배 고동

이산가족 되지 말라고

도로 그 자리에 놓아주고

빈손 털고 일어선다

흔하디흔한 미물(微物)에게서

세상 이치를 배운

보람된 하루라

행복하다!

죽방 멸치의 비밀

남해산 죽방 멸치에

감동 먹고 아내는 야단이다

죽방 멸치가 금치라나?

멸치면 그냥 멸치지 무슨 금치?

핀잔으로 아내의 기쁨을 주저앉힐 찰나

따발총을 단 아내의 잔소리가

멸치 상자에 든

멸치 마릿수만큼 쏟아진다

남해산 죽방 멸치

예로부터 전해지는 어로 방식으로

특정 지역에서 죽방으로 잡기에

멸치의 신선도와 품질이

으뜸이라 치는

죽방 멸치!

죽방 멸치, 정치망 멸치, 들망 멸치
한 가족 삼 형제
비늘이 많이 벗겨지는
쌍끌이 권현망 멸치와는
신선도 면에서 차별된다

똑같은 항렬(行列) 달고
고만고만한 품격으로
한려수도 곳곳을 똑같이 누비는데
유독 아내가 차려내는 밥상에서
우대받는 이상한 녀석
죽방 멸치!

비싼 값을 치르고도
편견으로 흐뭇해하는 아내
상술이 소비자의 지갑을 통째로
털어 가는 줄도 모르는
죽방 멸치!

그 불편한 진실

금단의 과일

간식거리 없던 시절
지천으로 널려진 해산물엔
흥미조차 잃고
과일에만 유독
목을 매던
섬 소년!

인내의 담을 넘어
과일을 몰래 따다
들켜보지 않은 섬 소년
과연 있으려나

과일을 금쪽같이 대접하여
어린아이를 푸대접했던
그 시절에
우리는 살았다

주인 몰래 따서

한 입도

베어 물지 못한 채

익지도 않은 떫은

땡감보다

더 혹독하게

혼쭐이 나고는

그 맛이 평생 각인된 채

그 시절 아이의

입맛으로 남아버린

섬 소년!

서툰 손으로 따낸

감 하나!

내 입에는 지금도

낯설어 떫기만 하다

평생토록

금단의 과일이 되어!

희망의 섬

지도상에도
세계 어느 나라에도 없고
오로지 우리나라에만
존재하는 섬
아직도!
아무도 가보지 못한
그 섬
누구도 살아보지 못한
아직도!

삶이 평온할 때면
흔적조차 없는 섬
삶이 힘들 때만
절망이 찾아올 때만
고개를 불쑥 내미는 섬
칠흑 같은 밤바다에

등댓불인 양
아직도!

세상이 나를 외면할 때
유독 이 섬만은 날 놓지 않아
여전히 난 버티고 산다
절망의 순간에
오뚝이로 사는
희망의 섬
아직도!

우리나라에만
그 섬이 있다
용기도 지혜도
거기서 들고나오지
아직도!

그 섬 안에 여전히
내가 산다

귀신불

내 고향 밤바다는
항상 귀신불을 달고 살았다
귀신불은 열이 나지 않고
푸르딩딩하다고
어릴 때 마을 어른들이
일러 주었다

밤이면 귀신불은 영락없이
얕은 고향 바다에 피어난다
귀신불 푸르딩딩하게 달고
어린 호기심을 무던히 자극한다
잔뜩 긴장하여 낚아 올리면
'장어'라는 녀석만
대롱대롱!

귀신불로 으름장 놓고

올라온 장어는

섬 소년에게 호락호락하지 않았다

움직이는 꼴이 기다란 무엇과도 닮았고

미끄러워서 잘 잡히지도 않았고

징그럽기조차 했다

게다가 귀신불도 달고 사는

존재라서 쉽게 범접할 수 없었던

장어!

요즘은 술안주나 반찬거리로

상 위에 즐거이 오르는 녀석

세 살 버릇 여든 간다고

장어가 아직도 낯설다

장어는 귀신불!

어매의 폭탄선언

어촌 마을은 해가 참말로 일찍 뜬다
섬 소년은 아침잠이 많았다
어매의 잔소리가 기상나팔 된 채
꼭두새벽부터 갯마을 오두막이
덜썩 일어나다

비몽사몽으로 꿈꾸었다
어른 되면 실컷 잘 거라고
주문을 걸고 또 걸었다

그래도 마음에 켕기는 그 무엇
"노는 아이 밥은 있어도, 자는 아이 밥은 없다."
어매의 이 폭탄선언!
크는 동안 내내 족쇄가 되었다

마음 놓고 잘 수 없는

자서는 절대 안 되는
어린 시절의 생활 수칙
어매의 폭탄선언!

어린 시절 나의 욕망
그렇게 무너져 내렸다
무너져 내린 만큼
부지런한 지금의 내가 있나 보다

우리 어매 폭탄선언
내 삶의 나침반!

아배와 선생님

늦깎이로 유학길에 오른 고등학교

입학식도 졸업식도 나 홀로

멀미 심한 우리 어매

생업의 바다에 목을 맨 우리 아배

이유 있는 불참이라

당연히 여겼다

고등학교 2학년 때

태풍 때만 바다를 접던

지독한 우리 아배

아들 녀석 학교생활이 걱정되어

담임 선생님 뵈러 오셨다

아배와 선생님과 나

낯설고 어색한 자리

바다를 몸소 짊어져서 초라하기만 한

우리 아배!
정장이 몸에 밴 멋진
우리 선생님!
어울릴 수 없는 모습에
부끄러움만 고개 쳐든
통닭집에서의 조우
미묘한 심정으로
혼란스러운 나

세월 훌쩍 흘러 지금에선
아배도 선생님도
훌륭한 어른!
아이의 장래를 위해
내어준 어른들의 품격!
그 덕에 지금의 나로
넉넉히 사나 보다

4장

우리 형아

밥맛이야

"밥맛이야."
요즘 아이들의 밥맛 타령
기분이 언짢으면 내뱉는
푸념 섞인 시쳇말이 되어
가장 맛이 없고 싫은 게
밥맛이라나

그런데 우리 시절
그 밥맛만큼 좋은 게 있었던가?
밥이 없어 끼니 거르고
힘 부쳐서 주저앉았던 시절
그 밥맛은 꿀맛이었다
하얀 쌀밥은 더더욱
아무나 먹지 못한 그 밥이
어느덧 시쳇말로
전복되다니

밥맛은 여전한데

밥에 대한 인정이

시대 따라 변해서일까?

밥이 세상에서 제일

간절했던 그 시절

오순도순 둘러앉아

한솥밥에 숟가락 함께 담가 웃던

그 밥이 사정없이

그리워진다

시절 따라 맛이 간

"밥맛이야!"

어린 시절을 울린다

풍선껌

내 어릴 적 껌이
융숭한 대접받고 살았다
어쩌다 풍선껌 하나
그 껌이 생을 마감할 때까지
끝없이 씹고 불어 댔다

형제지간에도 경쟁자로
호시탐탐 노리던 껌!
어느덧 형아의 입에도
동생의 입에도
들어가 버린
내 껌!

떼를 쓰고 기를 쓰며
풍선껌에 대한 사랑이
형제간의 우애보다

깊던 때가 분명 있었다

돌고 돌아서

너덜너덜!

생기를 잃은

우리 껌!

더는 껌이길 거부할 때쯤

껌에 대한 미련도

같이 내려놓는다

형제간의 우애도

제자리로 돌아온다

어릴 적에는

형제보다 소중한

풍선껌이 있었다

우리 형아

장남인 우리 형아!

우리는 가난한 시절에 막차를 탔다

어린 나도 보릿고개의 홍역은

피해 가지 못했지만

우리 형아만큼은

뭔지 자알 모른다

우리 집의 기둥인 아배가

젊은 날 몸져누웠을 때

우리 어매와 형아는

철없는 나와는 많이도 달랐다

아픈 사람만이 아니라

산 사람도 매일 끼니 걱정하는

참담한 보릿고개가 있었다

아배의 병환이

장남이라서 물려줄 게

도저히 가난밖에는 없었나 보다

학업 중단의 아픔을 안고

약초 구하러 산산이 훑어

혼이 다 나간

우리 형아!

이내 생업에 뛰어들 수밖에……

그 참담한 심정

우리 형아!

우리 형아의 말 못 할 희생으로

그 시절 한 많은 보릿고개

가뿐히 넘었나 보다

우리 형아 딛고

넘어온 보릿고개

한 많은

그 고개!

지게꾼 소년

연탄조차 구경하기 어려웠던 시절
우리 마을의 생명붙이면 모두
땔감을 얻는 것으로
밥값을 해야만 했다
글을 알기 전부터 나는
지게질을 배웠다

올라갈 때는 그런대로,
내려올 때는 지게 발목조차
날 시피보고 걸어 넘어뜨린다
나뭇짐과 어린 내가 똘똘 뭉쳐
산비탈을 타고 내려오는 희한한 재주
너무 어려서 지게꾼이 된 죄로

지금은 지게에 발목 잡힐
일마저 없는 내 나이

그런데도 산비탈 타고 구르는 재주

너무 무서워 도저히

흉내조차 낼 수가 없네

어릴 때 몸에 배면

평생 간다는데……

소싯적 지게꾼 소년

지게에 발목 잡힌 채

그리움만 해마다

쌓여 간다

귀갓길

곱디고운

하이얀 쌀밥

살살 녹는 그 밥

까칠한 보리밥 끝에

꿀맛인 어쩌다가 쌀밥

쌀밥 중 쌀밥은 할배 제삿날

한 자로 높이 쌓인 멧밥!

그 비빔이야말로

천하제일 꿀맛

촐랑촐랑

어매 따라나선 할배 제삿날

한밤중으로 졸음에 눌려

비몽사몽으로

터벅! 터벅!

졸린 몸은 천근만근

꿀잠의 유혹에 지쳤지만

마음만은 포만감에

해깜기* 그지없어라

그 밥심으로

졸음을 눌러 걷던

할배 제삿날

귀갓길

*해깜기: '가볍게'의 방언(경북).

새옹지마 인생

어릴 때 마을마다

도박이 성행했던 터라

우리 아배도 그 덫을 피해가지 못해

둘째 아들내미 기성회비 너무 탐나

우리 어매 궤짝에서 슬쩍

돌아온 건 아들 녀석 퇴학 처분

그 덕분에 한 살 꿇어

초등학교에 들어갔지만

그래도 호적은 한 해 늦게 올려준 탓에

지금껏 아배 덕 톡톡히 보고 사네

부전자전이 될 성싶어

도박 근처 얼씬도 못 해 보게

내 삶에 등불을 달아 준 우리 아배!

그런 덕에 효도 화투 한 번 치지 못해

장모님이 늘상 애가 탄다

재수(再修)가 재수(財數) 붙어
사는 인생
새옹지마 인생
거기에 울 아배가 있다

꼬마 지게

어린 시절 나무가 보배였다

국유림 먼 뫼는

첩첩산중 사십 리 길

꼭두새벽 예배당 소리 따라나서면

해거름에야 돌아온다

고작 두 자 남짓 참나무

서너 개 짊어지고

어느 날 국유림에도

입산 금지령이 떨어지고

세상 소식 어두운 벽지 어촌이라

까마득히 모른 채

손목 두께 참나무 하나 베다

산림계 만나 톱과 낫 몽땅!

빈손으로 돌아오는

무겁고도 무섭던

그 길!

불법 벌목으로

삼림계에게 혼나고

목숨 같은 장비 빼앗겼다고

어매한테도 혼나고

내 어릴 적에 가족보다

장비가 더 소중한 때가 있었다

성장이 멈춘 꼬마 지게

세월의 먼지 수북한 채

헛간에 덩그러니 늙지도 않네

그 옛날 꼬마 지게 짊어지고

한 번만이라도 가고 싶은

사십 리 먼 묏길!

세월 따라 미련만 쌓이네

내 삶의 서당

우리 고향은 벽촌이라

목욕탕이 없었다

큰 해수욕장이 있는 이웃 마을은

왜정 때부터 목욕탕을 달고 살았지만

우리 마을 또래 꼬맹이들

목욕탕이 어찌 생겨 먹었는지

까마득한 옛날에도

기억조차 전혀 없다

유학 버스 어렵게 타고

도시에 와서야

내 나이 스무 살에 한 해 빠질 때

목욕탕에서 묵은 때, 찌든 때

팅팅 불려서 구석구석

한도 없이 파고 왔지

십구 년 묵힌 때수건으로

집에 돌아와 며칠 밤을

벗겨진 살갗의 반란으로

끙끙 앓고 난 후

과유불급(過猶不及)이

목욕탕이라는 사실을

절실히도 알고 말았지

내 열아홉 살 적의 목욕탕

교훈이 새겨진

내 삶의 서당(書堂)

오 다마

'오 다마!'

한입 가득 넣으면

온 세상을 얻은 듯

그냥 행복했었다

여느 아이보다 늦게

녹여 먹을수록

부러움을 산

'오 다마!'

녹이지 않으려 무던히도

애태웠던

'오 다마!'

이 정겨운 말이

왜(倭) 말이라서 서글프다

우리말로 왕사탕!

그러면 그때 그 포만감이 낯설다

동심도 덩달아
달아나 버리고 만다

그런데 '오 다마!'
그 시절 그 사탕이
사정없이 막 달려온다
형제가 여럿인 집안에서는
이 입에서 저 입으로
돌고 돌았던 '오 다마!'
형제 우애까지 듬뿍 묻혀서

지금은 상상조차 할 수 없는
돌아야만 맛이 더 진한
닳아져야만 진정으로 커지던
'오 다마!'

오늘도
그 시절에 흥건히 젖어 든다

귀신 소동

우리 집은 몬당 집

밑 동네 사람들

우리 집을 귀신 집이라 숙덕숙덕!

그런 덕에 귀신 무서운 줄은

남의 이야기로만 여겼다

비가 내리는 어느 날

새벽 어장을 나가기 위해

공동묘지 고개에 도달했을 때

큰 소나무 위에 턱 버티고 서 있는

소복 입은 여인!

그대로 얼음이 되고 말았다

그런데 귀신은

소복 옷자락을 휘날리며

숨박질을 무한 반복으로

검은 옷, 하얀 옷
번갈아 입고 날 깔보고 서 있다

긴장의 시간이
깔딱 요구로 지나갈 무렵
저 멀리 등댓불 장단에 맞춰
켜지면 소복을 입고
꺼지면 소복을 벗고
그렇게 나를 겁준 선한 귀신

등댓불은 하얀 비닐로
귀신 놀이에 재미 붙인 채
새벽을 깨우고 있었다

갈비 해프닝

대학 신입생 때 고교 동창들이랑
갈빗집에 기대를 안고 갔다
생전 처음 먹는 갈비!
내심 반가움과 설렘만 한가득!
들뜬 기분에 욕심이 생겨
갈비가 나오기만 한참 기다렸다

시래깃국이 먼저 나오고
있다가 고등어구이가 나왔다
친구들은 쉼 없이 손을 빨아대며
왜 안 먹느냐고 야단들이다
그 끝에 무심히 일어나는
야속한 친구 녀석들

갈비는 언제 나오느냐는 말에
얄밉게도 이미 먹었단다

금방 먹은 게 갈비란다

고! 갈! 비!

야속한 마음이 친구들에게도

나에게도 향하는 순간

꼬르륵 소리가 처량하게 진동한다

하는 수 없어 시래깃국 한 사발로

분한 마음 챙겨야 했다

젊은 날의 갈비!

소갈비, 돼지갈비가 전부인 양

그것만이 갈비라고

고집하던 시절

웃지 못할 갈비 해프닝!

닳지 않는 우정

'볼락' 서식지로 단연 최고인
내 고향 갯마을!
그 덕에 어린 시절 볼락 낚시로
우리는 모두 신이 났다
끝이 뭉툭한 대나무 짝대기 바늘에도
단박에 물어 주던 볼락!
크는 내내 볼락 반찬
입에 달고 살았다

중학교 들어갈 무렵에는
뭉툭한 대나무 낚싯대는 졸업하고
고기 모양의 패를 깎아
유혹하면 덥석덥석 무는 볼락
금세 바구니로 보답했다

친구는 볼락 챔질이 도사급이라

내가 한 마리 낚을 때

대여섯 마리는 거뜬했다

집으로 돌아가는 바구니엔

똑같은 양의 볼락이 담겨 있었다

바다에서는 너무 부럽고 고마운

내 친구!

지금껏 부끄럽지 않게

우정의 매듭에 볼락 낚던

그 시절을 끈끈히

매달고 산다

세월에도 닳지 않는 우정!

그 속에 늘상

우리가 있다

요술 방망이

금 나와라 뚝딱!

은 나와라 뚝딱!

내 어릴 적 우리 아배

고기 이름만 불러대면 바다는

뚝딱 그 고기를 올려보낸다

어린 나만 모르는 방언으로

아배는 바다와 은밀한 내통을 했다

어제도 뚝딱!

오늘도 뚝딱!

여전히 우리 아배 희망 따라

바다는 늘 그대로 내어 준다

아배의 바다는

요술 방망인가 보다

그러나 지금은

우리의 욕심이 낳은 흔적들로

깔딱 숨을 몰아쉬는

신세로 전락된 바다

볼락을 요구해도

흔한 복쟁이는커녕

비닐만 올려 준다

말이 통하지 않는 바다라

내내 속이 터진다

어릴 적 추억만은

바다에 남겨두고 싶다

우리 아배의 바다처럼

금 나와라 뚝딱!

은 나와라 뚝딱!

그 바다를 대대로

넘겨주고 싶어라

성인(聖人)인 바다

유년 시절 화가 날 때면
어련히 바다를 찾았다
어매한테 혼나고
화풀이로 바다를 찾았고
아배 따라 뱃일하기 싫어서
분풀이로 바다를 찾았다

막무가내로
바다의 멱을 잡고 흔들어 댄다
사정없이 아무리 해대도
응수하지 않는 바다
미워져서 더 씩씩거리다가
끝내 돌아오는 건
기진맥진한 내 육신
해깝은 내 마음

세상에 어느 성인(聖人)이

바다처럼

온갖 화풀이, 분풀이

다 받아 주랴?

바다에 가면 언제나

성인을 만나고 돌아온다

설탕 서리

중학교에 들어가자마자
담임 선생님의 잔심부름을
서툴게 해냈다

어느 날 사택에 연탄불 살피라는
중책이 떨어지고
친구랑 달려가서 탄불을 가는데
하필 부뚜막에 놓인 하얀 가루!
동시에 동심이 꽂히고 만다
한입씩 가득 털어 넣고
서로 거울삼아 입 주변을
살뜰히도 털고서는
완전 범죄도 모르던 시절에
찰떡같이 약속하며
개선장군처럼 돌아왔다

교무실로 쪼르르 달려가

의기양양하게 담임 선생님 전에

중책 수행을 보고했더니

앉으신 채 빙그레 웃으시는

우리 담임 선생님!

"자슥! 턱 밑에 하얀 가루는 뭐꼬?"

하시는 말씀에

혼이 나가고 있었다

설탕 서리를 하던

서툰 시절!

해묵은 그리움은

선생님께 달려간다

여전히 못난 제자로

남아 있을 그 시절

까까머리 소년으로

풀빵 가게 여자아이

동네에 아이들 군침 흘리는

풀빵 가게엔 또래 여자애가 있었다

할머니가 바쁠 땐

그 아이가 풀빵을 구워냈다

그럴 때면 남자 또래 아이들

군침을 흘려 댄다

서툰 솜씨에 어쩌다

불량 풀빵이 나올 때면

천사의 손길로

우리를 구원해 준다

하나 얻어 챙기면

온 세상이 부럽지 않았다

그때 그 여자아이는

천사가 되었다

그런데 그 불량 풀빵이

다른 아이의 손에 넘어갈 때면

유독 여자아이의 코에서

불쑥 나오는 콧물이

나의 서운함을 토닥거려 준다

훌쩍이면 쏘옥 들어가는

그 콧물을 보고는

기다림의 서운함도 접어둔다

코 묻은 풀빵은

불결해서 안 먹는다고

집으로 돌아가는 내내

머리를 세뇌하지만

마음은 여전히 아쉬움에

발길만 무겁다

인정 넘치던

풀빵 가게 여자아이

이쁜 그 마음

그 시절을 데운다

감낭구*도 없는 집

어린 시절
우리 마을 집집마다
감낭구 하나쯤은 서 있었다

이 낭구 덕분에
땡감은 땡감대로
단감은 단감대로
철철이 집집마다
챙기며 살았다

유독 우리 집에는
이런 호사가 해당되지 않아
이웃집에 감이 열리는 순간부터
도다리 눈으로 살아야 했다

시골집 어디에나 의젓하게

서 있던 감낭구!

감낭구 한 그루도 없는

유일한 집, 우리 집!

그 덕분에 크는 내내

행복감만 주렁주렁

달고 살았다

*감낭구: '감나무'의 방언.